LE GÉNIE DE LA POTICHE

Catalogage avant publication de Bibliothèque et Archives Canada

Mercier, Johanne

Le génie de la potiche

(Brad ; 1)
Pour enfants de 8 ans.

ISBN 978-2-89591-028-2

I. Daigle, Christian, 1968-   . II. Titre. III. Collection : Mercier, Johanne.
Brad ; 1.

PS8576.E687G46 2006   jC843'.54   C2006-940904-8
PS9576.E687G46 2006

Tous droits réservés
Dépôts légaux : 3e trimestre 2006
Bibliothèque nationale du Québec
Bibliothèque nationale du Canada
ISBN 978-2-89591-028-2

© 2006 Les éditions FouLire inc.
4339, rue des Bécassines
Québec (Québec) G1G 1V5
CANADA
Téléphone : 418 628-4029
Sans frais depuis l'Amérique du Nord : 1 877 628-4029
Télécopie : 418 628-4801
info@foulire.com

Les éditions FouLire remercient la Société de développement des entreprises culturelles du Québec (SODEC) pour son aide à l'édition et à la promotion.

Gouvernement du Québec – Programme de crédit d'impôt pour l'édition de livres – gestion SODEC.

L'auteure tient à remercier le Conseil des arts et des lettres du Québec pour son appui financier à l'écriture de ce roman.

Les éditions FouLire remercient également le Conseil des Arts du Canada de l'aide accordée à leur programme de publication.

100%

Imprimé avec de l'encre végétale sur du papier Rolland Enviro 100, contenant 100 % de fibres recyclées postconsommation, certifié Éco-Logo, procédé sans chlore et fabriqué à partir d'énergie biogaz.

IMPRIMÉ AU CANADA/PRINTED IN CANADA

LE GÉNIE DE LA POTICHE

JOHANNE MERCIER

Illustrations
Christian Daigle

Roman

Huguette Pomerleau possède sans doute la plus impressionnante collection de vieilleries poussiéreuses de tout Saint-Basile. Depuis des années, on la voit qui trimbale des chaises sans fond, des cadres sans toile, des lampes sans fil, des babioles sans intérêt. Souvent, elle les retape ; parfois, elle les revend ; mais, la plupart du temps, elle s'y attache et les conserve précieusement. Enfin, chacun ses goûts.

Circuler dans la maison d'Huguette Pomerleau comporte toujours une part de risque. Se déplacer sans rien faire tomber est un défi que relèvent chaque jour les membres de sa famille. Hélas, il y a quelques minutes à peine, en passant simplement de la cuisine au salon, sans s'énerver ni rien, Jules Pomerleau n'a pu éviter le pire. Entre nous, dans un tel bric-à-brac, ce genre d'incident était à prévoir un peu.

« CHLANG BING CRACK ! » a fait la précieuse potiche. Jules a figé sur le coup. Sachant fort bien que sa mère tient à cette antiquité comme à la prunelle de ses yeux et qu'elle ne lui pardonnera jamais cette gaffe monumentale, Jules se dit qu'il devra probablement quitter sa famille, trouver une autre maison, une autre télé et tout. Bref, en ce moment, Jules Pomerleau vit un véritable cauchemar. Mieux vaut que ce soit arrivé à lui qu'à vous, croyez-moi.

Mais restons optimiste. Y a-t-il un témoin dans cette histoire de vieille potiche en miettes ? Non. Personne. Pas le moindre chat. La mère de Jules décape un meuble au sous-sol, son père se concentre sur des colonnes de chiffres dans son bureau et son frère Guillaume parle au téléphone avec sa blonde. Bref,

les Pomerleau sont fort occupés en ce moment mais, pour une fois, Jules ne s'en plaindra pas. Bien au contraire. En éliminant les preuves rapidement, avec un peu de chance, personne n'en saura jamais rien...

Alors, il s'y met. Jules balaye en vitesse les morceaux de potiche, soulève le tapis du salon pour tout camoufler et...

– Mauvaise cachette, mon garçon !

– AAAAAAAH !

Il y a un témoin !

Un homme. Un petit homme bedonnant avec une moustache frisée, un fez sur la tête, une cravate et un habit défraîchi. Bizarre, la cravate, d'ailleurs. Mais ne nous attardons pas sur ce détail. Ce n'est pas le moment. Jules panique.

Son cœur bat des records de vitesse. « Probablement un client de mon père qui vient pour la comptabilité », se dit-il.

Soyons réaliste, maintenant. L'homme a tout vu. Jules est foutu.

– Je… je vais recoller les morceaux plus tard, bafouille Jules.

– Encore une mauvaise idée, répond le visiteur.

– C'est une potiche qui vaut une fortune. Ma mère va me…

La conversation s'arrête net. Huguette Pomerleau monte du sous-sol. La menace est grande. L'espoir pour Jules de s'en sortir est tout petit. Il cache rapidement les derniers morceaux de potiche derrière les coussins du sofa. Il a chaud.

Sa mère arrive dans le salon et sourit. Elle n'a rien remarqué ? Miracle.

– Vous venez pour la comptabilité ? dit-elle au visiteur, incapable de détourner les yeux de son horrible cravate.

– Pardon ?

– Vous voulez rencontrer mon mari ?

– Ce serait un plaisir.

– Albert ! Ton client est ici ! crie Huguette, écorchant les oreilles du pauvre Albert, qui est juste derrière elle.

– Euh… vous aviez rendez-vous ? demande Albert Pomerleau en consultant nerveusement son agenda.

– Non.

– Vous venez pour la comptabilité ?

– Non. C'est votre femme qui voulait que je vous rencontre.

– C'est Jules qui m'a dit qu'il venait pour la comptabilité, précise Huguette.

– J'ai rien dit, moi.

Petit malaise qui s'installe.

Le visiteur regarde Jules, désolé.

– Je dois tout leur dire, mon garçon.

– Nous dire quoi ? s'affole déjà la mère.

Jules s'affole aussi. Il envoie un regard désespéré au visiteur. Un regard suppliant, larmoyant presque. « Ne dites rien... Pitié ! Pitié ! Pitié !»

– Votre fils vient de casser une de vos potiches, madame.

Le traître !

– Pas la potiche perse ? ! hurle Huguette.

– C'est un accident, maman...

– Une potiche qui avait encore son bouchon d'origine !

– Ah, ça, non, lance aussitôt le visiteur. Ce n'était pas son bouchon d'origine.

– J'ai le certificat d'authenticité, réplique Huguette.

– Je peux vous assurer que ce n'était pas son bouchon d'origine !

– Voulez-vous fixer un rendez-vous ? tranche Albert pour en finir avec cette histoire. Lundi, 14 h, ce sera parfait. Votre nom ?

– Bradoulboudour.

Albert lève le nez de son agenda.

– Pardon ?

– Bradoulboudour.

– Vous l'écrivez Brad Oulboudour, Bra Doulboudour ou Bradoul Boudour ?

– Mais comment savez-vous que ce n'était pas son bouchon d'origine ? insiste la mère.

– Huguette, s'il te plaît, arrête un peu avec ton bouchon d'origine, c'est déjà assez compliqué…

– J'ai payé la potiche une fortune à cause du bouchon d'origine, tu sauras !

– Il y a des escrocs partout, lui dit le visiteur.

– Pas à Saint-Basile, s'indigne Huguette. Vous êtes de quelle région ?

– On se revoit lundi, monsieur Bloudour ! conclut Albert en tendant la main à son futur client.

Bradoulboudour baisse les yeux.

– Un problème ? demande Albert, qui n'a pas vraiment envie d'entendre la réponse.

– Je peux vous parler quelques minutes ?

– Euh… c'est que…

– Et pourquoi pas ? répond Huguette en entraînant Bradoulboudour vers le divan. Nous pourrions parler des bouchons d'origine. Vous êtes antiquaire ?

Le visiteur s'assoit, Albert soupire et Jules en profite pour filer en douce.

Il s'en est bien tiré, Jules, non ?

Il faut bien dire ce qui est, le récit que fait Bradoulboudour à ses hôtes est plutôt nébuleux. Albert, qui a la tête ailleurs, ne se gêne donc pas pour lui couper la parole au bout d'un moment:

– Monsieur Bloudoum, ce n'est pas que votre vie ne m'intéresse pas, bien au contraire, mais, comme je vous l'ai dit tout à l'heure, j'ai beaucoup à faire.

Bradoulboudour ne bronche pas.

– J'ai un important rapport financier à remettre, lui lance Albert en se levant.

– Mais allez travailler, mon cher. Ne vous gênez surtout pas pour moi!

On le devine, Albert Pomerleau, qui trouve le bonhomme un peu louche, n'ira certainement pas travailler tant que ce dernier n'aura pas quitté sa maison. C'est ce que nous ferions aussi.

– Écoutez, monsieur Bouldour, le directeur de la firme avec laquelle je suis associé attend mon rapport pour lundi. Vous comprenez?

Non, visiblement, Bradoulboudour ne saisit pas le message. Pas du tout. Et cette fois, pour bien se faire comprendre, Albert se dirige vers la porte et l'ouvre toute grande...

– Je ne vous retiens pas plus long-temps, monsieur!

Le ton est poli mais ferme. Le message ne peut être plus clair. Mais Bradoulboudour ne bouge toujours pas.

– À vrai dire, je n'ai nulle part où aller, laisse-t-il tomber.

Albert lève les yeux au ciel et referme la porte. Les choses se compliquent sérieusement.

– Vous n'avez pas de maison ? s'inquiète Huguette. Pas de famille, pas d'amis ?

– Ni voiture, ni piscine, ni barbecue. Rien. Vous savez, quand on passe quarante ans dans une potiche, on rate bien des petits bonheurs, soupire Bradoulboudour.

– C'est joli, cette expression : « Passer quarante ans dans une potiche ». Mais qu'est-ce que vous voulez dire exactement ?

– Que j'ai passé quarante ans dans une potiche.

– Dans une vraie potiche ?

– Dans votre potiche.

– Dans MA potiche ?

– Bon, ça suffit, vos histoires de potiche ! tranche Albert, qui n'en peut plus. On reparle de tout ça lundi !

Albert ouvre la porte de nouveau. Cette fois sera la bonne!

– Voulez-vous un petit café avant de partir? ajoute Huguette, plus compatissante que son mari.

– Vous avez du thé?

– Au jasmin?

– Vert.

– Sucre?

– Miel.

C'en est trop! Albert claque la porte et suit sa femme jusqu'à la cuisine.

– Qu'est-ce que tu fais, Huguette?

– Un thé. Pourquoi?

– On sait rien de cet homme-là.

– Un petit thé, ce n'est pas grand-chose, et ça va lui réchauffer le cœur, le pauvre. Il n'a même pas de maison, tu te rends compte?

– C'est peut-être un bandit de la pire espèce et madame lui offre un petit thé…

– Tu trouves vraiment qu'il a l'air dangereux?

– Ce sont les pires!

– Veux-tu une camomille?

– Huguette, s'il n'est pas parti dans cinq minutes, j'appelle la police!

– Franchement, Albert!

– On ne s'impose pas chez les gens comme il le fait!

Et puis, tant pis. Il n'y a pas de risque à prendre. Persuadé que sa famille est en danger, Albert Pomerleau met fin à cette discussion qui tourne en rond. Il file dans son bureau, saisit le téléphone pour composer le 911.

Mais quelqu'un est en ligne avec sa blonde...

– HEY! J'suis au téléphone!

– Guillaume, raccroche, vite, s'il te plaît!

Pas question pour Guillaume de raccrocher au nez de sa nouvelle blonde. Surtout que, cette fois, il le croit, non, il le sait, enfin il l'espère, avec Anne-Marie, c'est du sérieux...

– C'sera pas long, p'pa.

– J'ai un appel urgent à faire.

– Deux minutes.

– GUILLAUME POMERLEAU!

Visiblement, l'urgence de son père, c'est du sérieux aussi. Il n'a pas tellement le choix.

– J'te rappelle, ma belle.

Guillaume raccroche et, aussitôt, Albert compose le 911, décrit rapidement la situation, explique son inquiétude, dépose le combiné et respire déjà mieux. Dans quelques minutes, les policiers procéderont à l'arrestation de l'individu.

Le cauchemar d'Albert Pomerleau achève.

Une voiture de police qui arrive en catastrophe attire toujours les curieux. Celle qui vient de se stationner devant la maison de la famille Pomerleau cet après-midi ne fait pas exception. Elle rassemble déjà quelques voisins qui n'osent pas trop s'approcher pour le moment. On ne sait jamais.

– Vous savez ce qui s'est passé ? s'inquiète madame Turgeon, la voisine des Pomerleau, dans tous ses états.

– Vol avec effraction, répond Maurice Leblanc, qui n'en sait rien du tout.

– C'est affreux.

– Personne n'est à l'abri.

– Vous pouvez le dire.

Évidemment, quand Jules aperçoit la voiture de police stationnée juste en face de chez lui, il est aussi énervé que madame Turgeon. Il abandonne son vélo sur le trottoir et entre en coup de vent...

– Maman, maman, la police arrive chez nous !

– La police ?

– Viens voir !

Huguette blêmit.

– Euh... monsieur Bradoul, excusez-moi, mais je pense qu'il serait plus sage pour vous de partir.

– Et pourquoi donc ?

– Je sais pas. Une intuition.

– C'est bizarre, ils sortent pas de leur voiture, les policiers ? dit Jules. Je vais aller voir !

Il n'est pas le seul à se poser des questions. Après l'arrivée en trombe des policiers, il ne se passe rien.

Absolument rien. Ce qui déçoit plus d'un curieux. On ne veut pas de drame, encore moins de catastrophe. Mais, pour une fois, on aimerait bien un petit peu d'action à Saint-Basile.

– Mais qu'est-ce qu'ils font? demande la voisine.

– C'est une ruse, répond Maurice Leblanc, qui se posait précisément la même question.

– Vous croyez?

– Quand ils vont apercevoir les voleurs, ils vont bondir.

– Oh.

Et pendant que Maurice Leblanc échafaude ses hypothèses sur les judicieuses tactiques des policiers, pour l'agent Duclos et le sergent Morissette, dans la voiture, rien ne va plus.

– Je vous le répète, sergent: je n'ai touché à rien.

– Impossible, Duclos! Une auto ne peut quand même pas se verrouiller toute seule!

– J'ai rien fait, je vous le jure.

– Jamais vu une histoire pareille. C'est complètement ridicule! On est prisonniers! La radio fonctionne pas! La voiture démarre pas! Les portes sont verrouillées! Veux-tu bien me dire ce qui se passe?

– Tout est beau du côté de l'allume-cigarette, sergent.

– Donne des coups de pied, Duclos.

– Des coups de pied?

– Oui.

– Vous êtes certain que…

– J'ai dit: donne des coups de pied!

– Bon.

– QU'EST-CE QUE TU FAIS, DUCLOS?

– Je donne des coups de pied.

– Pas sur moi, Duclos, sur la portière !

– Désolé, sergent. Je trouvais ça drôle, aussi...

L'agent Duclos a beau frapper de toutes ses forces dans la portière, rien n'y fait. Elle ne veut toujours pas s'ouvrir. Cette fois, le visage de Duclos tourne au vert.

– Sergent ?

– Quoi encore ?

– On dirait que je manque d'air.

– Tu vas pas tomber dans les pommes, Duclos ?

– Peut-être que oui, peut-être que non.

– Dernière fois que je travaille avec un nouveau !

– Pardon ?

– Déboutonne un peu ta chemise, Duclos.

– Bien, sergent.

– C'est quoi cette camisole ridicule, Duclos?

L'agent Duclos, en proie à une crise de panique, agite les bras dans tous les sens en espérant que les badauds viennent à leur secours.

– Regardez! Le policier nous fait des signes! lance madame Turgeon à Maurice Leblanc. On dirait qu'il veut nous parler. On y va?

– Jamais de la vie! Ils veulent qu'on s'éloigne, annonce Maurice Leblanc. Ça va barder dans le coin, c'est moi qui vous le dis.

– Vous croyez?

– Les criminels sont sûrement tout près.

– Juste ciel!

– Peut-être beaucoup plus près qu'on le pense.

– J'en ai la chair de poule.

– Probablement armés jusqu'aux dents.

– Prenez-moi dans vos bras.

– Saint-Basile n'est plus du tout comme avant.

– Avant quoi?

– Avant aujourd'hui.

Les quelques curieux qui avaient l'intention de mettre leur nez dans cette histoire se dispersent sur les conseils de Maurice Leblanc, qui se cache derrière un bosquet pour ne rien manquer de la suite des événements.

La rue des Platanes devient déserte, au grand désespoir de Duclos et Morissette.

– Viens nous aider, p'tit! hurle le sergent Morissette.

Jules, qui croit comprendre que le policier lui lance un S.O.S., s'approche doucement...

– Essaye d'ouvrir la portière ! lui crie Morissette à travers la vitre.

– Éloigne-toi, Jules ! hurle Maurice Leblanc, toujours derrière le bosquet.

– OUVRE LA PORTIÈRE, VITE ! ordonne l'agent Duclos, qui n'en peut vraiment plus.

– Attention, Jules ! Les criminels sont beaucoup plus près qu'on le pense !!! s'époumone madame Turgeon, derrière le bosquet aussi.

Après plusieurs tentatives, Jules réussit à ouvrir la portière, au grand bonheur des policiers qui descendent enfin et respirent un bon coup. L'agent Duclos boutonne sa chemise en tremblant comme une feuille morte.

– Boutonné en jaloux, Duclos !

– Désolé, sergent, répond Duclos en reboutonnant sa chemise encore tout de travers.

34

– Duclos? On peut savoir pourquoi tu fais démarrer la voiture, maintenant?

– Je... j'ai rien fait démarrer, moi.

– Elle a démarré toute seule, je suppose?

– On dirait même qu'elle avance toute seule. Regardez, sergent!

– DUCLOS, RATTRAPE LA VOITURE IMMÉDIATEMENT!

L'agent Duclos exécute les ordres et court à grandes enjambées pour rattraper la voiture en fuite. Tiendra-t-il le coup? Pas sûr.

– Appelle la police! hurle Morissette, qui ne comprend plus rien à rien.

– La police? Mais... vous...? bafouille Jules.

– Dis-leur qu'on a besoin de renforts. Dépêche-toi!

Et voilà le sergent Morissette qui court après l'agent Duclos qui court après la voiture de police qui roule sans conducteur. Joli tableau. Vraiment.

– C'est une ruse aussi? demande madame Turgeon.

– Là, je ne sais plus trop, avoue Maurice Leblanc.

Jules rentre chez lui en criant:

– La police veut que j'appelle la police!

Albert sort de son bureau en catastrophe.

– Qu'est-ce qui se passe?

– Les policiers sont ici, mais ils ont besoin de renforts, répond Jules. Leur voiture est partie toute seule.

Albert se jette sur le téléphone et compose rapidement le numéro de la centrale.

– C'est trop bizarre…, dit Jules, maintenant à la fenêtre.

Bradoulboudour va le rejoindre.

– Viens voir, papa! L'auto de police roule sur les deux roues d'en arrière.

– Pas le temps, Jules. Bon. Enfin! Oui…? Centrale de police? Quoi? PIZZA CHEZ LUIDGI? Non, je ne veux pas de pizza.

Albert raccroche et recompose.

– Pourquoi vous riez, vous? demande Albert à Bradoulboudour.

– Ce serait trop cool si la voiture de police sautait par-dessus les autres voitures…, lance Jules.

– Comme ça? demande Bradoulboudour.

– WOW!

– Avec une pirouette, peut-être?

– Ouiiiiiiii!

– Voilà, mon garçon.

– En crachant des flammes comme
dans James Bond?

– *No problemo.*

Jules n'en croit pas ses yeux.

– Vous avez la télécommande de la
voiture de police ou quoi?

– Tes désirs sont des ordres, mon
garçon.

– Vous parlez comme un génie.

– Hé.

– JE VEUX LA CENTRALE DE POLICE,
VOUS M'ENTENDEZ? JE ME FOUS DE VOS
SPÉCIAUX DE LA SEMAINE SUR VOTRE
PIZZA AUX ANCHOIS EXTRA BACON!

Sur la rue des Platanes, les choses ne s'arrangent pas pour nos deux policiers maintenant à bout de souffle. Mais comme le sergent Morissette n'est jamais à court de solutions, il annonce à son précieux acolyte :

– J'ai un plan, Duclos. Quand la voiture approche, tu sautes !

– Quoi ?

– La fenêtre est ouverte, tu plonges !

– Vous voulez que je saute pendant qu'elle roule, sergent ?

– C'est pourtant pas compliqué, Duclos !

Le véhicule revient et, heureusement pour l'agent Duclos, ne roule pas trop vite.

– C'est le moment, Duclos. Vas-y !

N'écoutant que son courage, l'agent Duclos s'approche en courant et plonge la tête la première. Mais la voiture en profite pour prendre de la vitesse et Duclos se retrouve le nez sur l'asphalte. Le véhicule ralentit aussitôt, puis s'arrête. Duclos se relève de peine et de misère et tente de le rattraper. Quand il arrive tout près, l'automobile fait crisser ses pneus et accélère de plus belle.

– La voiture rit de moi, sergent !

– Duclos, un peu de logique, de grâce !

– J'en peux plus.

– GO !

L'agent Duclos rassemble le peu d'énergie qui lui reste. Il se rappelle le second souffle des marathoniens, se demande comment ils font, doux Jésus, et pense à la médaille qu'on lui remettra peut-être s'il réussit. Il fonce aussitôt que la voiture approche et... saute !

– JE L'AI, sergent ! JE L'AI ! hurle Duclos.

Oui, bon. L'image du jeune policier, conduisant les fesses et les jambes sorties par la fenêtre, restera sûrement gravée dans la mémoire des gens de la rue des Platanes, mais retenons que Duclos a réussi l'exploit. Ce qui est déjà quelque chose.

– CONTRÔLE, DUCLOS ! crie le sergent Morissette, qui se dit que la voiture roulait plus prudemment quand Duclos n'était pas à l'intérieur.

Duclos fonce droit vers le bosquet.

– ATTENTIOOOOOOOOOOOOON ! hurle maintenant Morissette en se prenant la tête à deux mains.

Hasard ? Chance ? Adresse ? Nul ne le saura jamais. Mais d'un coup de volant, Duclos évite le bosquet de justesse. Maurice Leblanc, toujours caché derrière, est paralysé de terreur. Précisons que madame Turgeon est dans les pommes depuis un petit moment déjà.

Témoin de toute la scène, Huguette Pomerleau se demande si elle va s'évanouir ou pas.

En état de choc, Huguette fait les cent pas dans sa chambre. Albert, assis sur le bord du lit, tente de la rassurer du mieux qu'il peut.

– Veux-tu une débarbouillette mouillée, Huguette?

– C'est incroyable, Albert! Le coup des policiers, c'est lui! Il avait le contrôle de la voiture...

– Un peu d'eau?

Huguette s'assoit et avale le verre d'eau d'un trait.

– Albert, si je te dis *Ali Baba et les quarante voleurs*, tu penses à quoi?

– La même chose que toi, Huguette: le bonhomme qui squatte notre salon,

c'est sûrement un voleur et, si on conti-
nue à jaser ici tranquillement, il va
partir avec la télé !

– Albert... réfléchis ! Si je te dis
Aladin et la lampe...

– Il va partir avec la lampe, t'as
raison.

– As-tu déjà lu les *Contes des mille et
une nuits*, Albert?

– Où veux-tu en venir avec tes énig-
mes, Huguette ?

Huguette plonge ses yeux dans
ceux de son mari et lui demande le
plus sérieusement du monde:

– Albert, te souviens-tu quand il a
dit qu'il a passé quarante ans dans ma
potiche ?

– Me souviens pas.

– Il l'a clairement dit.

– Tu l'imagines vraiment rentrer
dans ta potiche ?

– Si c'est un génie, oui.

Albert Pomerleau regarde sa femme. Non, elle ne rigole pas. Cette histoire ridicule a assez duré. Il est grand temps de mettre ce bonhomme à la porte une fois pour toutes!

– Viens avec moi, Huguette!

Une petite discussion avec le supposé génie s'impose.

Ils sortent de la chambre.

La maison est calme. On n'entend que la douche couler et Guillaume fausser. Au salon, Bradoulboudour a pris ses aises. Le nez dans une revue d'autos sport, il partage sa passion pour les voitures de collection avec Jules. En arrivant dans le salon, Albert met fin à leur petite discussion de façon assez radicale:

– Je ne passerai pas par quatre chemins, monsieur Broudoul, ma femme prétend que vous êtes un génie de potiche.

Bradoulboudour dépose la revue et sourit.

– Je ne passerai pas par quatre chemins non plus, Albert : elle a raison.

– Ah ! Seigneur Dieu du saint ciel ! Qu'est-ce que je te disais ? soupire Huguette.

– C'est vrai, papa, c'est un génie. Il a même connu des sultans. Il vient de me le dire.

– Jules, laisse les sultans en dehors de cette histoire, s'il te plaît.

– Albert, poursuit Bradoulboudour avec calme, normalement, c'est assez simple. On me libère de la potiche, j'exauce les vœux et je retourne dans la potiche. Mais comme elle est en miettes, disons que...

– Que ?

– Je n'ai pas tellement le choix.

– De ?

– Rester.

– Pardon ?

– Vous m'hébergez et, en échange, j'exauce vos vœux.

– C'est génial! crie Jules en topant avec le génie comme s'ils étaient les deux meilleurs amis du monde.

Albert est dépassé. Huguette semble toutefois intéressée par l'offre.

– Vous seriez logé, nourri et tout? demande-t-elle.

– Je peux m'occuper de la lessive, si vous voulez.

– Vous séparez le blanc des couleurs, j'espère.

– Et j'adore cuisiner.

– Intéressant, je suis tellement nulle en cuisine.

– Nous sommes faits pour nous entendre. Topez là!

Trouvant que les choses se règlent un peu trop rapidement, Albert intervient:

– Un instant! Vous avez peut-être ébloui ma petite famille avec le coup des policiers, mais je vous rappelle que moi, je n'ai rien vu. J'exige une preuve de vos pouvoirs. Là. Maintenant.

– Je ne peux pas, répond aussitôt Bradoulboudour.

– Ha ha! C'est bien ce que je pensais: fraudeur, frimeur, tricheur, menteur, voleur...

– Albert!

– Dehors, sacripant!

– Albert, laisse parler monsieur Broudoul!

– Je n'ai droit qu'à une seule démonstration et je l'ai faite avec les policiers. Dommage, vous étiez au téléphone à commander une pizza. Me reste à réaliser vos vœux...

– On peut vous demander tout, tout, tout ce qu'on veut ? s'énerve Jules.

– Vous avez droit à trois vœux.

– Trois vœux chacun ? s'emballe Huguette.

– Trois vœux en tout, répond le génie.

– Vous n'avez pas de petit forfait pour quatre ? risque la mère.

Albert écoute la conversation et n'en revient pas. Cet homme est en train d'embobiner sa famille. Comment peuvent-ils être naïfs à ce point ?

– Hé ! mais j'y pense, lance soudain Jules, c'est pour moi, les trois vœux ! C'est moi qui vous ai libéré de la potiche !

– Théoriquement, tu as raison, mon bonhomme. Mais comme la potiche est en miettes, je dois négocier avec tes parents. Tu comprends ? Ce sont eux qui m'hébergent.

– C'est pas juste.

– Alors, on va faire un conseil de famille ce soir, annonce Huguette. On va décider ensemble des trois vœux qui feraient plaisir à tout le monde.

– *That's a deal*! lance le génie en tendant la main à Albert.

Albert aura tout entendu: il s'enferme dans son bureau, ouvre ses dossiers, se penche sur son bilan financier, mais n'arrive toutefois pas à travailler. Qui le pourrait?

Souper de famille obligatoire! Voilà ce qu'Huguette Pomerleau a décrété quand elle a vu Guillaume tout beau, tout parfumé, sur le point de partir...

– On doit prendre une décision en famille, Guillaume. Trois vœux à faire exaucer, ce n'est pas rien!

– Trois quoi?

– Tu soupes avec nous.

– Mais...

– Non négociable.

– J'ai invité Anne-Marie au restau, *mom*.

– Tu le regretteras pas, Guillaume.

Quand Guillaume a voulu expliquer à sa blonde que, finalement, il n'irait pas souper avec elle parce que sa mère l'obligeait à rencontrer un genre de bonhomme qui exauçait des vœux, Anne-Marie lui a répondu que ce n'était plus la peine d'essayer de la rappeler et qu'il aurait vraiment pu trouver un autre prétexte pour ne pas souper avec elle. Réaction que nous pouvons comprendre. Guillaume était désespéré. Nous pouvons comprendre aussi.

Ils sont là, donc. Il est 18 h et les Pomerleau sont attablés. Huguette est nerveuse, Jules s'amuse, Albert trépigne, Guillaume aussi. Le service est assuré par nul autre que Bradoulboudour. En passant, la famille Pomerleau ne trouve pas non plus que le génie a un prénom facile à retenir mais, croyez-moi, ce n'est rien à côté de son nom de famille, qui se prononce avec une suite de syllabes qui roulent au fond de la gorge. Personne chez les Pomerleau n'a d'ailleurs fait d'effort pour se rappeler du nom de famille. Déjà que Bradloulbloud...

– Pouvez m'appeler Brad, pas de problème.

Quoi qu'il en soit, en ce moment, les Pomerleau se régalent et le service est impeccable.

– Un déliiice, répète Huguette. Mais qu'est-ce que c'est, Brad?

Le génie enlève son tablier et s'attable avec eux.

– Fattouche, kibbé et taboulé, annonce-t-il, plutôt fier.

– Le petit goût qui domine, c'est de la coriandre ou du cumin?

– Je ne vais pas vous révéler mes secrets, tout de même...

– Bon. On commence? demande Albert, qui se fout éperdument du petit goût qui domine.

– On peut bien jaser un peu, Albert, lui dit Huguette. Pour une fois qu'on a un génie dans la famille…

– Je fais le premier vœu! annonce Jules, qui ne tient plus en place.

– Hum! logiquement, ce serait à moi de formuler le premier vœu, coupe Huguette. N'oubliez pas que, sans moi, Brad serait encore chez l'antiquaire…

– Mais sans moi il serait toujours dans la potiche! Je veux un super *megabox* avec laser, annonce Jules, les yeux fermés.

– Oh oh oh! Attention! coupe encore Huguette. Nos trois vœux doivent faire plaisir à toute la famille!

– C'est pas un peu bizarroïde comme souper? demande Guillaume, qui ne comprend pas trop ce qui se passe.

– Pense à ton vœu, Guillaume, lui dit sa mère.

– C'est quoi l'histoire des vœux, *mom*?

– Trop long à expliquer. Qu'est-ce que tu aimerais ? Dis-le, c'est le moment !

– Genre ?

– Tout ce que tu veux.

– Un million pour chacun, mettons ?

Albert approuve l'idée du million pour chacun.

– Désolé, coupe le génie. Faire apparaître de l'argent, je ne peux pas. Il y a eu trop d'abus. Le code d'éthique des génies nous l'interdit formellement.

– Et quand je dis que c'est un bluffeur, personne m'écoute…, bougonne Albert en mâchouillant son taboulé.

– Formulez donc le premier vœu, Albert, propose le génie. Ça vous mettra peut-être de bonne humeur ?

Comme il n'y croit pas du tout et qu'il a hâte d'en finir pour aller travailler, Albert Pomerleau ne prend ni le temps de réfléchir ni celui de consulter sa famille. Il annonce sans enthousiasme :

– Je veux une remise de jardin !

– UNE REMISE ! ALBERT ! ES-TU FOU ? crie sa femme, indignée. Tu ne vas pas nous gaspiller un vœu de famille pour une stupide remise ! Oubliez ce vœu, Brad. Une remise, c'est tellement peu important dans la vie.

– Trop tard, tranche le génie. Albert voulait une remise de jardin ? Il en a une. Avec Bradoulboudour, c'est rapidité, efficacité, service !

Les Pomerleau se lèvent d'un bond, courent jusqu'au jardin et se figent à la vue du bâtiment de trois étages flanqué de deux grosses colonnes de marbre qui vient d'apparaître au beau milieu de leur cour.

– D'inspiration babylonienne, annonce le génie. Vous aimez?

– Pas sur mes plates-bandes de pétunias? s'inquiète Huguette.

– Qu'est-ce que c'est que cette horreur? hurle aussitôt Albert.

– Monsieur n'est pas un connaisseur, à ce que je vois. Vous voulez visiter ?

Les Pomerleau emboîtent le pas à Bradoulboudour.

– Voilà ! dit fièrement le génie en poussant la lourde porte. Ce serait peut-être bien d'enlever vos chaussures ?

– C'est... enfin, c'est... très, très chic... pour une remise, laisse tomber Huguette.

– Je monte voir en haut ! crie Jules, déjà au deuxième.

– Attention aux lustres, mon bonhomme, c'est du cristal.

– *Cool*, un billard ! lance Guillaume.

– Je pourrai peut-être l'habiter éventuellement, lance Bradoulboudour.

Huguette n'en croit pas ses yeux. De tels trésors…

– Les miroirs, le tapis de Turquie, les coussins de soie, l'odeur d'encens, c'est… c'est…

– C'est tout confort! dit Bradoulboudour.

– ET MA TONDEUSE? demande Albert, rouge de colère.

– Pardon?

– JE LA METS OÙ, MA TONDEUSE? SUR VOS PETITS COUSSINS DE SOIE, PEUT-ÊTRE?

– Calme-toi, mon chéri!

– Me calmer, Huguette? TON génie vient de se faire apparaître un PALACE dans NOTRE cour et tu veux que JE reste calme?

– Un palace, un palace, c'est beaucoup dire, réplique Bradoulboudour. Vous auriez dû voir celui du grand vizir Jamyl.

– JE ME FOUS DE VOTRE GRAND VIZIR MACHIN! Faites-moi disparaître ce mastodonte de mon jardin IMMMÉDIATEMENT!

– C'est votre deuxième vœu, Albert?

– NOON! hurlent les trois autres.

D'un commun accord, les Pomerleau décident d'attendre un peu avant de formuler le deuxième vœu. Après tout, il n'y a pas urgence. Ils peuvent bien s'accorder un petit temps de réflexion, non? C'est toujours étourdissant de réaliser que, du jour au lendemain, tout est possible.

La nuit est douce, la lune est pleine, les chats sont gris, mais Albert Pomerleau ne dort pas. Huguette ne dort pas. Et je vous jure qu'avec le branle-bas de Bradoulboudour en ce moment, vous ne pourriez pas fermer l'œil non plus.

– Huguette, qu'est-ce qu'il fait encore?

– Essaye de dormir, Albert. Oublie-le.

– Il fouille! Je te dis qu'il fouille…

– Détends-toi, je sais pas, moi, fais du yoga.

– Tu me demandes d'être zen pendant qu'il dévalise notre garde-manger?

– Il se prépare un p'tit lunch. C'est tout.

– C'est son troisième p'tit lunch en une heure.

– Quarante ans dans une potiche, ça doit creuser l'appétit, Albert.

Bruit de vaisselle, maintenant. Eau qui coule, portes d'armoire qui claquent, verres qui s'entrechoquent.

– Il devait pas dormir dans son palace doré, lui?

– Peut-être qu'il s'ennuyait, tout seul, Albert.

– Pas pire que dans sa potiche!

Et voilà un autre bruit, plus difficile à identifier, mais tout aussi énervant.

– Huguette, qu'est-ce qu'on entend? Il passe l'aspirateur ou quoi?

– Mmmm?

– C'est pas la machine à *pop-corn*? Il se fait du *pop-corn*, Huguette! Au milieu de la nuit.

– Mais laisse-le faire.

– Monsieur se fait du *pop-corn* à 2 h du matin!

Le son de la télé, maintenant. Bradoulboudour qui zappe, qui monte le son, qui rit à tue-tête. Trop, c'est trop!

– Brad, c'est pas un peu fort, la télé? lui crie Albert sans sortir du lit.

Évidemment, avec le son de la télé et le maïs soufflé qui *crounche*, Bradoulboudour n'entend rien.

– Brad?

– …

– BRAAAAAAD!

– Albert, sois poli. Oublie pas qu'il nous reste deux vœux!

– Pouvez-vous baisser un peu le son de la télé, Brad?

Rien à faire. Bradoulboudour n'entend pas. À bout de nerfs, Albert sort du lit et se dirige d'un pas plus que décidé vers le salon...

– Oh! Albert! lance le génie, calé dans le sofa. Amateur de boxe, vous aussi?

– Pas vraiment, non.

– Vous venez regarder la télé avec nous?

– Nous?

– Salut, p'pa!

– Jules! Qu'est-ce que tu fais debout?!

– Je regarde la boxe avec Brad.

– Au lit immédiatement, jeune homme!

– Ah non! Papa, s'il te plaît...

– *Pop-corn*, Albert?

– Vous savez l'heure qu'il est, Brad?

– Pourriez pas me faire fondre un petit peu de beurre?

– Jules, tu te couches immédiatement, compris ?

– Sans beurre, c'est pas la fête, vous ne trouvez pas, Albert ?

– Un peu moins fort la télé, Brad.

– Voilà.

– BONNE NUIT !

Albert tourne les talons, file jusqu'à sa chambre, les poings serrés, et plonge dans son lit. À peine a-t-il fermé les yeux qu'il entend :

– Albert ? Vous n'avez pas oublié le beurre fondu, n'est-ce pas ?

Tôt le lendemain, très tôt d'ailleurs, beaucoup trop tôt devrait-on dire, on sonne à la porte chez les Pomerleau. Bradoulboudour est le seul à être réveillé. Une odeur de lotion après-rasage flotte autour de lui. La lotion d'Albert. Mais taisons ce détail. Taisons aussi le fait que le génie lui a emprunté sa brosse à dents. Albert Pomerleau en mourrait.

Dès l'aube, Duclos et Morissette sont appelés à revenir sur le lieu du drame. C'est du moins l'expression qu'emploie l'agent Duclos: «le lieu du drame».

– Duclos?

– Oui, sergent?

– Pas un mot sur les événements d'hier, tu m'entends?

– Mais…

– Il ne s'est rien passé.

– Ils vont sûrement nous demander des explications.

– Dans la vie, Duclos, il faut savoir se mouiller, passer l'éponge et jeter la serviette.

– Vous parlez bien, sergent.

– Allons-y.

L'agent Duclos pose l'index sur la sonnette. Il est fébrile. Traumatisé par les événements inexplicables de la veille. Courbaturé par la course folle qu'il a faite pour rattraper la voiture de police. Sans compter qu'il n'a pas fermé l'œil de la nuit, le pauvre. Pas sûr qu'il terminera sa carrière dans la police. Pas sûr qu'il a les qualités requises, de toute manière.

C'est un Bradoulboudour souriant, pimpant, poli, courtois et beaucoup trop parfumé qui leur ouvre la porte. L'agent Duclos retient un fou rire en voyant l'horrible cravate. Le sergent Morissette se présente avec tout le sérieux du monde. Il ouvre son étui de cuir et annonce :

– Sergent Morissette de la Sûreté municipale.

– Jolie médaille ! siffle le génie.

– On peut voir votre cour arrière, monsieur ?

Bradoulboudour conduit les policiers jusqu'au bâtiment qui occupe les trois quarts du terrain des Pomerleau.

– Oh là là ! Effectivement, c'est... c'est...

– Pas mal, hein ? complète le génie.

– Vous avez un permis de construction pour ce... cette... enfin... pour ça ?

– Un permis ?

– C'est vous qui l'avez construit ou si…

– Vous aimez ?

– Vos voisins n'apprécient pas trop, disons.

– Des jaloux. Vous voulez visiter ?

Les policiers Duclos et Morissette suivent Bradoulboudour.

– Ce serait peut-être bien d'enlever vos chaussures ?…

L'agent Duclos ne parle pas. Il est ébahi devant ce palais doré. Oui, ébahi est le mot juste, si on en juge par ses yeux exorbités, sa bouche béante et ses bras ballants.

– C'est du… du…, bafouille Duclos.

– Du marbre, complète Bradoulboudour.

– Et du…

– Du velours.

– Et au fond, c'est pas une…

– Table de billard. Vous voulez faire une partie, peut-être?

– Je peux, sergent?

– Duclos, s'il te plaît!

– Juste une petite…

– DUCLOS!

Albert Pomerleau arrive à la course. Est-il besoin de préciser que son humeur est affectée par la nuit qu'il a passée? Déjà que l'humeur d'Albert…

– Brad, laissez-moi parler aux agents, s'il vous plaît!

– Mais tout va bien, Albert. On se fait un billard. Vous affrontez le perdant?

– JE suis le propriétaire, tranche Albert. Des problèmes, monsieur l'agent?

– La hauteur de votre bâtiment n'est pas réglementaire selon le code municipal. On craint aussi question sécurité...

– Oui, je sais, erreur de calcul. Je vais arranger ça.

– Un palais moyen-oriental à Saint-Basile, avouez que c'est un peu...

– Oui, bon. J'ai compris.

– Vous avez vingt-quatre heures, monsieur Pomerleau.

– Pour?

– Le démolir.

– Sergent, vous n'y pensez pas? C'est une merveille, sanglote Duclos.

– Duclos, ce genre de bâtiment est interdit en ville. Pas de sentimentalisme!

Albert envoie un regard foudroyant à Bradoulboudour.

– Je peux le faire disparaître, si tel est votre bon désir, maître.

Albert est tenté d'accepter l'offre et de faire disparaître le palace en deux temps trois mouvements et qu'on n'en parle plus. Mais que diraient sa femme et ses fils s'il cédait et gaspillait ainsi le deuxième vœu de la famille?

Non, il ne peut pas.

N'empêche…

Non, il ne le fera pas.

Les policiers scrutent le bonhomme à la cravate horrible. Vient-il d'appeler le propriétaire «maître»?

– C'est mon architecte! s'empresse de dire Albert, avant qu'on lui demande qui est Bradoulboudour. Les plans sont de lui, précise-t-il. Il s'est laissé un peu emporter. Vous savez ce que c'est. On ne contrôle pas tout quand on confie des contrats.

Duclos et Morissette quittent les lieux en lui laissant l'avis de vingt-quatre heures. Albert se retourne aussitôt vers Bradoulboudour qui tentait de filer discrètement...

– BRAD!!!

– Ouiiiiiii?

– À partir d'aujourd'hui, vous vous faites petit, vous m'entendez?

– Bien.

– Quand nous avons des visiteurs, vous disparaissez.

– Mais je n'ai plus de potiche...

– Dans la garde-robe, dans le sucrier, N'IMPORTE OÙ!!! VOUS DISPARAISSEZ!

– Compris.

– La nuit, vous dormez. Pas de *pop-corn*, pas de beurre: RIEN!

– Bien.

– Et vous ramassez vos bas qui traînent dans le salon.

Albert est furieux. Jean-Pierre Gauvin, le grand manitou de la firme Gauvin-Miller-Sanfaçon, attend son bilan financier pour lundi matin 8 h. Le contrat du siècle. L'espoir pour Albert d'avoir enfin un vrai bureau à l'extérieur de chez lui, avec des employés peut-être, une augmentation de salaire et tout. Et voilà qu'il doit consacrer sa fin de semaine à démolir un palace de trois étages.

«Vraiment intéressant d'héberger un génie, se dit Albert. Très utile.»

– Brad, on joue au soccer?

Étendu dans le hamac, Bradoulboudour attendait justement que quelqu'un lui propose une activité. Mais comme il l'a promis, il se fait discret. N'empêche que de regarder Albert démolir son œuvre, de l'entendre tempêter contre lui et de voir voler tous ces objets de grande valeur par la fenêtre finissait par le démoraliser un peu. Normal. On a beau être un génie, on a un petit cœur, tout de même.

Bradoulboudour accepte donc de jouer une partie de soccer avec Jules. Malgré la chaleur. Malgré le moral qui est un peu bas. Malgré tout. Précisons que Bradoulboudour est absolument nul dans tous les sports. Problème de coordination. Trop d'années confiné dans une potiche, peut-être? Allez savoir. Quoi qu'il en soit, Bradoulboudour adore jouer. Jouer pour jouer.

«Pourvu qu'on rigole!» Telle est la devise de Bradoulboudour en tout temps.

– 32 à 0! crie Jules après cinq minutes de jeu. Vous le faites exprès?

– Pour?

– Me laisser gagner.

– Pas du tout. Tu es très fort, bon-homme!

– Vous voulez qu'on change de jeu?

– On arrête, il fait trop chaud. Jules, je viens d'avoir une idée de génie.

– Normal.

– Tu n'aurais pas envie d'une belle grosse piscine creusée avec des chaises moelleuses et des fontaines de limonade glacée, toi?

– Ce serait mon vœu ?

– Ça te tente ?

– Bof.

– Comment, bof ?

– J'aimerais mieux le *megabox* avec laser.

– Complètement inutile. Où est ta mère ?

– Elle aide mon père à démolir...

Bradoulboudour se précipite vers la remise. Huguette ne pourra refuser une telle offre, il en est certain.

– Hugueeeeeeette ?

Huguette Pomerleau apparaît, couverte de poussière, sortant de la remise le superbe miroir bordé d'or qui se trouvait dans le hall du troisième. Bradoulboudour se dit que ses chances sont bonnes...

– Ma chère Huguette, quelque chose me dit que vous êtes le genre de femme à rêver d'une belle grosse piscine en ce moment, non?

Huguette reste prudente.

– Ça compterait pour un vœu ou c'est un cadeau pour l'hôtesse? demande-t-elle en s'épongeant le front.

– C'est une suggestion de vœu, Huguette.

– J'ai une meilleure idée, Brad. Je vous en reparlerai.

– C'est ce que vous croyez, mais une belle piscine creusée avec des…

– Non, merci.

Huguette retourne à son boulot. Déçu et toujours accablé par la chaleur, Bradoulboudour risque le tout pour le tout. Il entre dans la remise.

– ALBERT?

Albert, qui s'active à donner des coups de massue dans les murs du palace, ne l'entend pas. À moins qu'il ne veuille pas l'entendre? C'est bien possible aussi.

– Albert, je viens d'avoir une idée de génie!

– Ça m'étonnerait, laisse tomber Albert sans le regarder.

– Vous méritez une pause piscine, mon vieux.

– Pardon?

– Vous méritez une...

Bradoulboudour n'insiste pas. Le regard d'Albert est assez explicite.

– Je vais tout de même vous aider, ajoute Bradoulboudour.

– Vous en avez assez fait. C'est beau.

– Laissez votre orgueil de côté, Albert Pomerleau. Vous êtes grand, fort et costaud, mais vous ne pourrez jamais rentrer la table de billard tout seul.

– Rentrer quoi?

– La base est en chêne massif. Vous imaginez le poids?

Cette fois, Albert tient à se faire comprendre clairement...

– Brad, je n'ai PAS DU TOUT l'intention de rentrer la moindre table de billard dans MA maison! Vous m'entendez?

– Des heures de plaisir, le billard.

– C'est non.

Albert sort de la remise. Il doit prendre un peu d'air. Prendre congé de Bradoulboudour, surtout. Il aperçoit Huguette, la tête dans le contenant de débris, poussant de hauts cris.

– Qu'est-ce que tu fais dans les vidanges, Huguette?

– Tu veux pas jeter un Gauguin, un tapis persan et un vase mésopotamien à la poubelle, Albert Pomerleau?!

– Tu veux garder ça?

– On vient chercher la table de billard! annonce Guillaume qui arrive avec son ami Max.

– MINUTE, JEUNE HOMME! tranche Albert. C'est à peine si on peut marcher dans la maison. Pas question d'ajouter autre chose!

– Moi, je veux garder le trampoline en tout cas! ajoute Jules qui sort de la remise en le traînant.

– C'est vrai qu'il y a un spa? demande Huguette à Bradoulboudour qui vient à son secours.

– Un sauna, aussi.

– Albert, tu peux sûrement sauver le spa, non?

– Mais avant, p'pa, aide-nous à transporter la table de billard.

Albert n'en revient pas. Jamais un projet n'a réussi à emballer tous les membres de sa famille de cette façon. Pas même les vacances à Old Orchard.

– OK, Max, lance Guillaume. Prends ton bout. Go!

Huguette, qui regarde la taille de la table de billard, s'inquiète un peu, tout de même...

– Où vas-tu la mettre, Guillaume?

– Je vais trouver une place, *mom*. Pas de *prob*.

Huguette n'est toujours pas convaincue.

– Allons, ajoute Bradoulboudour à qui on n'a pourtant pas demandé son avis, vous qui êtes une vraie collectionneuse. Il n'y a pas deux tables de billard comme celle-là dans le monde entier. Elle vaut une petite fortune.

Huguette réfléchit tout haut...

– C'est certain qu'en collant le vaisselier contre l'armoire, en plaçant la vanité dans l'autre sens et en mettant la bergère Louis XIV dans la chambre de Jules...

– Ben voilà ! lance Bradoulboudour en prenant un bout de la table avec Max. C'est ce qu'on appelle avoir une attitude positive, ajoute-t-il en adressant un clin d'œil à Albert.

La table de billard est placée au milieu du salon, en attendant de trouver un meilleur endroit. Huguette disperse ses œuvres d'art un peu n'importe où et, pour le moment, le trampoline de Jules restera entre le divan et la télé.

Personne n'a hâte de voir rentrer Albert.

En fin de journée, Guillaume arrive à la maison en catastrophe. Il ne parle à personne, s'enferme dans sa chambre et ne descend pas souper. Son manque d'appétit est un bon indice de l'ampleur du problème.

– Normal, il a vu qu'on mange encore du taboulé, dit Albert.

– Y a une fille là-dessous ! déclare Bradoulboudour.

– J'y vais ! lance Huguette en se levant.

– Je peux lui parler, si vous voulez. Les histoires d'amour, c'est ma spécialité !

– Si c'est comme les remises de jardin, ça va être beau..., bougonne Albert.

Bradoulboudour se lève et se dirige vers les escaliers.

– On joue quand même au base-ball après ? demande Jules.

– Mais oui, bonhomme.

– Papa, sais-tu que Brad est incapable d'attraper une balle avec un gant ?

– Le nombre de choses que Brad est incapable de faire est assez étonnant, mon garçon.

Albert se lève d'un bond.

– Où tu vas ?

– Chercher mon vieux gant. Tu vas voir ce que tu vas voir, mon petit homme. Donne-moi deux minutes !

Et pendant qu'Albert Pomerleau part à la recherche de son vieux gant de base-ball, oubliant pour un instant monsieur Gauvin et son bilan financier, Bradoulboudour frappe à la porte de la chambre de Guillaume.

– Guillaume?

Pas de réponse. Évidemment.

– Je peux entrer? demande Bradoul-boudour en entrant.

Ici, le sans-gêne du génie étonne peut-être mais, quand on a pris l'habitude d'apparaître et de disparaître n'importe où n'importe quand au fil des années, on a appris à mettre sa timidité de côté. Tous les génies vous le diront.

Guillaume est étendu sur le lit, la tête enfoncée dans ses oreillers. Bradoul-boudour en a vu d'autres. Cela lui rappelle d'ailleurs le chagrin d'amour du sultan Faysal. Quelle histoire! Mais passons. Bradoulboudour enjambe les bas, les pantalons, les canettes et les vieux sacs de biscuits. Il s'assoit sur le bord du lit et laisse passer un bon moment.

– Elle en vaut la peine? finit-il par demander.

– Elle m'en fait en tout cas, répond Guillaume.

– Réfléchis bien, mon garçon. Je peux faire en sorte qu'elle t'aime, mais il faut que tu sois certain que c'est la bonne. Si tu savais ce qui est arrivé au sultan Faysal. Sa princesse n'avait rien d'une princesse… c'est moi qui te le dis!

Guillaume ouvre les yeux.

– C'est l'amour de ma vie.

– C'est ce que le sultan me répétait aussi.

Bradoulboudour se lève, enjambe ce que vous savez et tout le reste que vous devinez. Les paroles de Brad ont tout de même eu le mérite de changer les idées de Guillaume. Ce qui est toujours précieux quand on est en peine d'amour.

Le génie redescend. Huguette est maintenant seule à la table. Perdue dans ses pensées...

– Comment va Guillaume, Brad ? Il vous a parlé ?

– Chagrin d'amour classique. Je peux faire en sorte qu'elle retombe amoureuse de lui. Mais c'est délicat. L'amour prend parfois de drôles de détours.

***

La nuit tombée, bien qu'il soit épuisé par sa longue journée de démolition, Albert ne s'endort pas. Pas du tout. La vision du grand manitou de la firme le hante. Il doit travailler sur son dossier. Commencer du moins. Et comme la maison est enfin calme, il se lève et décide d'en profiter. Il n'allume pas de lumières et traverse le salon sur la pointe des pieds pour aller vers son bureau.

– AYOYE!!! crie-t-il en se cognant le petit orteil contre la patte de la table de billard. COCHONNERIES DE TRAÎNERIES INUTILES! Ils vont me sortir ça demain matin!

Albert s'enferme dans son bureau et, pendant qu'il vérifie l'enflure de son orteil, il entend des bruits qui montent... Il tend l'oreille. Il n'est plus le seul à être debout?

Albert entrouvre la porte et voit que la lumière du salon est maintenant allumée. « Si Brad croit qu'il pourra faire la fête cette nuit, il se trompe! » se dit-il en boitant jusqu'au salon, enfin, si on peut encore appeler cette pièce un salon.

– Je peux savoir ce qui se passe ici? demande Albert en apercevant Guillaume, Max, Brad et des bretzels.

– Rien, répond Guillaume.

– Oh! Albert! lance Bradoulboudour, sincèrement content de le voir arriver.

On commence un petit billard pour remonter le moral de Guillaume. Vous venez jouer ?

– Je travaille, figurez-vous.

– Encore ? Mais vous avez vu l'heure qu'il est ?

– J'ALLAIS VOUS DIRE LA MÊME CHOSE, BRAD !

– Amusez-vous un peu, mon pauvre ami.

Guillaume et Bradoulboudour promettent tout de même de faire un effort immense pour ne pas déranger Albert. Cela dit, même avec les meilleures intentions du monde, il y a des fous rires qui ne s'étouffent pas.

Et, on le devine bien, Albert Pomerleau ne travaille toujours pas.

On est dimanche. Albert est parti vider la remorque de tous les débris du palace pour la quatrième fois. Jules est chez son ami Simon et Guillaume dort profondément. Huguette attendait avec impatience ce petit tête-à-tête avec le génie. Maintenant, la voie est libre et elle plonge…

– Brad, j'ai trouvé mon deuxième vœu! annonce-t-elle, les yeux pétillants. J'ai bien réfléchi: je veux une voiture!

– Toute la famille est d'accord? demande le génie, la tête dans le frigo à la recherche de fruits pour se concocter un petit cocktail de son cru.

– Je leur ferai la surprise.

– Il n'y a pas de papayes ?

– Une grosse voiture, ça nous facilitera vraiment la vie à tous, vous comprenez ? Pour le transport des antiquités, les voyages en famille, les courses, les parties de hockey. Bref, tout le monde en profitera.

– Pas de noix de coco non plus, pas de grenadine, évidemment.

– Vous pouvez me faire apparaître une voiture, Brad ?

– J'ai eu des maîtres au frigo mieux garni, croyez-moi.

– BRAD !

– Oui ?

– Vous m'écoutez ?

– Mais oui, je vous écoute.

– Alors ?

– Vos désirs sont des ordres, ma chère Huguette. Votre voiture est déjà devant la maison. Tandis que moi, mon cocktail, qui s'en préoccupe ? Personne. « Brad, arrange-toi tout seul, mon vieux. »

Huguette Pomerleau se rue à l'extérieur et aperçoit aussitôt la voiture de ses rêves ! Bradoulboudour est sur le balcon, souriant. Il a toujours aimé observer la réaction de ses maîtres quand il exauce leurs vœux.

– Brad, vous êtes....

– Oui ?

– Vous êtes un génie !

– Vous l'aimez ?

Huguette sautille jusqu'à sa rutilante camionnette huit places, huit cylindres, quatre roues motrices, porte-bagages, air climatisé et fauteuils inclinables.

– Qu'est-ce que vous faites, Huguette ? demande Bradoulboudour.

– Je veux l'essayer !

– C'est que…

– Un problème?

– Ce n'est pas votre voiture, Huguette.

– Oups!

– Elle est ici, la vôtre!

– Laquelle?

– Juste ici.

– Où?

– Là!

– La rouge?

– Splendide, n'est-ce pas?

– UNE DEUX-PLACES?

– Une MG 66 convertible. Voiture de collection. Du moins, c'est ce que j'ai lu dans la revue de voitures qui traîne dans votre salon. Le rêve, non?

– Le rêve? Le rêve de qui, Brad? VOTRE rêve, encore! Que voulez-vous que je fasse avec un engin pareil?

– Rigoler!

– À peine de l'espace pour deux sacs d'épicerie...

Sourd aux commentaires d'Huguette, Bradoulboudour se met au volant du petit bolide, ajuste ses verres fumés, enfile des gants de cuir et fait vrombir le moteur. Il jubile.

– Montez, Huguette! Vous allez adorer!

– Pas question.

– Le tour du bloc.

– Pas plus loin.

– Promis.

– Pas trop vite!

Bradoulboudour appuie sur l'accélérateur et traverse en trombe la rue des Platanes. En les voyant passer, madame Turgeon arrête de tailler sa haie et met la main sur son cœur.

– Vous les avez vus ? dit-elle à Maurice Leblanc qui la regardait tailler sa haie. J'ai rêvé ou Huguette Pomerleau était dans la voiture ?

– Pas eu le temps de voir.

– Vous savez que depuis l'aventure des policiers, je ne dors plus ? Je vois des voitures sans conducteur partout.

– Vous n'êtes pas la seule, madame Turgeon.

Et pendant que Maurice Leblanc et madame Turgeon se racontent des peurs, Huguette Pomerleau tente de maîtriser la sienne aux côtés de son chauffard. Elle tient le tableau de bord à deux mains et prie le ciel pour rentrer à la maison avec tous ses membres bien en place.

– Pas si viiiiiite, Brad !

– Pardon ?

– Vous êtes fou ou quoi ?

– Sans la folie, il n'y a pas de génie, Huguette !

– Ridicule.

– C'est Aristote qui l'a dit !

– Il brûlait les feux rouges aussi, votre ami ?

Plus radieux que jamais, Bradoulboudour emprunte le boulevard, maintenant. Ce qui n'était absolument pas inscrit au programme de la journée.

– Vous aimez les Beach Boys ? hurle Bradoulboudour en augmentant le volume de la radio.

– Je veux rentrer !

– Je les adore aussi ! Nous avons les mêmes goûts, vous et moi !

– Ralentissez, Brad !

– *FUN, FUN, FUN…*

– BRAAAAAAAD ! LA POLICE ! VOUS N'ENTENDEZ PAS LA SIRÈNE DE POLICE ?

– QUOI?

Bradoulboudour finit par s'arrêter sur le côté de la route. Les policiers ne lui laissent pas tellement le choix. Dans le rétroviseur, Bradoulboudour aperçoit les agents Duclos et Morissette qui descendent de leur voiture.

– Ah! c'est l'architecte! annonce Duclos.

– Vos papiers, monsieur, demande aussitôt le sergent Morissette.

– Pardon?

– Votre permis de conduire.

– Ça vous en prend, des permis, vous! Permis de construire, permis de conduire…

– Vous n'avez pas votre permis, si je comprends bien.

– Nous allions justement en magasiner un.

– Duclos, cesse de rire, je t'en prie!

– Désolé.

– Sans plaque, sans permis, sans preuve d'assurance, sans ceinture de sécurité, excès de vitesse, omission de faire trois arrêts obligatoires, deux feux rouges brûlés, ça va chercher dans les combien, d'après toi, Duclos?

– Beaucoup.

– Précisément… Vous êtes le propriétaire de la voiture, monsieur?

– Pas du tout, répond Brad. C'est la voiture de madame.

Huguette pâlit.

– Vos papiers, madame?

– Mes papiers? Je…

– Preuve d'assurance?

– J'ai tout ça à la maison.

Le sergent Morissette lève les yeux au ciel.

– Aucun signalement de voiture volée dans le secteur, Duclos ?

– …

– Duclos ?… Mais où il est passé encore, celui-là ?

Bradoulboudour pointe du nez l'agent Duclos.

– Duclos, je peux savoir ce que tu fais couché sous la MG ?

– Vérification, sergent.

– Les objets incriminants sont rarement sous les voitures, Duclos !

– On sait jamais.

– Pas mal, hein ? souffle Bradoulboudour à Duclos qui se relève.

– Impeccable !

Le sergent Morissette sort son carnet de contraventions. Sur le point de craquer, Huguette glisse à l'oreille de Bradoulboudour :

– Vous ne pouvez pas nous sortir de là, VOUS ?

– Pas de problème.

– Je ne veux pas aller en prison. Je ne veux pas de casier judiciaire. Je ne veux pas ma photo dans le journal !

– Mais ça comptera pour un vœu si je…

– Pas grave !

– C'est vraiment ce que vous désirez, Huguette ?

– Attendez.

Le sergent Morissette tend à Bradoulboudour la pile de contraventions qu'il vient de remplir et en fait une description déchirante et détaillée.

– Rouler sans permis, c'est 300 $, plus 100 $ de frais de service. Sans plaque : 300 $, plus 100 $ de frais de service. Feux rouges : 140 $. Excès de vitesse : 450 $. Vous payerez le remorquage de la MG et devrez montrer les preuves d'assurance et d'immatriculation pour la récupérer. Des questions ?

– Je peux ramener la MG, sergent ?

– C'est à eux que je parlais, Duclos.

– Je peux téléphoner à mon mari ? demande Huguette, la voix chevrotante.

Une demi-heure plus tard, Albert les rejoint au bord de l'autoroute. La MG est partie. Les policiers aussi. Sur le chemin du retour, Huguette raconte l'aventure dans les moindres détails. Assis sur la banquette arrière, Bradoulboudour se tait. C'est ce qu'il a de mieux à faire pour le moment. Albert conduit, nerveux.

– Combien ? demande-t-il.

106

– Pardon ? fait Huguette.

– Elle va nous coûter combien, la petite escapade ?

– Tu veux que j'additionne les contra-ventions tout de suite ?

– Non.

– C'est tout de même une voiture de collection, ose préciser Bradoulboudour.

– Je ne suis pas un collectionneur, au cas où vous ne l'auriez pas remarqué !

– N'empêche... une MG 66, ce n'est pas rien.

– Une quoi ?

– Vous avez bien entendu, Albert.

Dans le rétroviseur, Bradoulboudour est à peu près certain d'avoir vu sourire Albert Pomerleau.

Il est vrai que la nouvelle de la décapotable a fait fureur chez les Pomerleau. C'est bien joli, mais ce n'est pas tout. On est dimanche soir. Et après dimanche, c'est lundi. On n'y échappe pas. Et qu'est-ce que monsieur Gauvin attend pour lundi 8 h, déjà? Cette fois, Albert doit s'y mettre. Quitte à y passer la nuit. D'ailleurs, il est certain de devoir le faire.

– Que personne ne me dérange! ordonne Albert. Sous aucun prétexte! Vous m'entendez? Pas un bruit. Pas un mot. Pas un son. Pas de télé. Ni musique. RIEN. Vous m'avez bien compris?!

Mais oui, tout le monde a entendu. Albert l'a dit tellement fort que madame Turgeon l'a sûrement entendu aussi.

Albert ferme la porte de son bureau, pense à la cigale ayant chanté tout l'été et se trouve complètement ridicule de réciter la fable de La Fontaine jusqu'à la fin. Comme s'il n'avait que cela à faire.

Il ouvre le dossier, y met tout son cœur mais, après une bonne heure et demie de travail, Albert doit se rendre à l'évidence. Il n'y arrivera pas. Impossible. À moins que…

Une idée lui vient. Une solution. Du moins, c'est ce qu'il espère. Il sort de son bureau, confiant.

– Brad?

Brad, qui dispute une importante partie d'échecs avec Guillaume, ne se laisse pas déconcentrer.

– Brad? J'aimerais vous parler, insiste Albert.

– …

– Brad?

– Vous me dérangez un peu, là, Albert.

– Première fois que je vois un génie qui ne veut pas se faire déranger !

– Si c'est pour un vœu, p'pa, j'te rappelle que t'as déjà eu la remise et *mom*, la voiture…, précise Guillaume sans lever la tête. Le prochain vœu, c'est pour moi.

– Hé ! moi non plus, j'ai rien eu ! crie Jules. Et moi, je veux le super *megabox* avec laser.

– Brad, venez dans mon bureau, s'il vous plaît.

Brad soupire, quitte à regret la partie d'échecs même s'il était sur le point de la perdre et traîne ses pieds jusqu'au bureau d'Albert en bougonnant. Albert ferme la porte et invite Bradoulboudour à s'asseoir.

– Brad, vous savez que je vais payer toutes vos contraventions…

– Oui. Merci, Albert. Vous êtes un ami. Non, un frère.

– Oui, bon. N'exagérez pas.

Albert se tait un instant, puis reprend :

– Je vais tout arranger avec les policiers, Brad. N'ayez aucune crainte.

– C'est gentil.

– Je vais récupérer la MG ce soir.

Albert laisse encore passer un moment. Brad reste assis sagement.

– J'ai pensé qu'en échange, un petit vœu serait peut-être de circonstance, Brad.

– Qu'est-ce que vous appelez un petit vœu, Albert ?

– Un extra.

– Je ne comprends pas.

– Disons que vous exaucez un vœu juste pour moi. Incognito.

– Je ne peux pas.

– Mais personne n'en saura rien, Brad. Ça restera entre nous.

– C'est trois vœux. Pas plus.

Bradoulboudour se lève, impassible. Albert, au bord du désespoir, lui barre le chemin.

– Aidez-moi au moins à terminer ce stupide bilan financier, Brad. Je vous le demande à genoux. Juste un coup de pouce. On peut bien se rendre de petits services entre amis, non ?

Bradoulboudour regarde Albert. Doit-il lui avouer qu'il a horreur des chiffres ? Qu'il n'y comprend rien et qu'il est incapable de faire une addition sans compter sur ses doigts ?

– Je ne peux pas, dit-il simplement.

Albert se renfrogne. À court d'arguments, sa colère prend le dessus.

– Écoutez-moi bien, Bradboulorhum! C'est votre faute si j'en suis là : les nuits blanches, la remise à défaire, les démêlés avec la police, les contraventions, le taboulé. TOUT!!!

– Vous n'exagérez pas un petit peu?

– Vous n'êtes qu'un génie de boîte de Cracker Jacks! Non seulement vous n'exaucez jamais nos vœux, mais vous vous arrangez pour exaucer les vôtres et vous nous empoisonnez l'existence!

Bradoulboudour ne réplique pas. On n'entend que le ronron du filtre de l'aquarium. Albert se calme un peu.

– Vous êtes mon seul espoir, Brad. Je devais travailler toute la fin de semaine. Tous mes projets tombent à l'eau...

Sans dire un mot, Bradoulboudour s'assoit derrière le bureau d'Albert et se penche sur le bilan financier. Il fronce les sourcils, tourne une page, saisit un crayon, le porte à sa bouche et le ronge. Soyons clair : Bradoulboudour n'y comprend strictement rien!

– Alors? demande Albert.

– Chuuut!

– Vous vous y retrouvez, Brad?

– Albert, vous voyez bien que je travaille.

Bradoulboudour tourne une autre page, revient à la première et aiguise son crayon. Il a mal au ventre. Assis en face de Brad, Albert l'observe et regrette ses paroles un peu dures. Il se dit qu'il s'excusera. Qu'il l'emmènera au golf quand il aura terminé, pourquoi pas?

– Nous pourrions diviser le travail en deux? risque Albert. Je fais la première partie et vous...

Bradoulboudour lève la tête et dépose son crayon tout rongé.

– Impossible, Albert.

– Quoi?

– Les chiffres me donnent de l'urticaire. Ce n'est pas ma faute.

– Un génie qui fait de l'urticaire, maintenant!

– Tenez, ça commence. Regardez les boutons...

– Sortez, Brad.

– Z' avez pas une petite crème pour la peau?

Sauvé par la sonnerie du téléphone, Bradoulboudour évite de justesse la scène de colère qu'Albert Pomerleau était précisément sur le point de faire.

– OUI, ALLÔ! répond sèchement Albert. Oh! monsieur Gauvin, ajoute-t-il, plus mielleux. Le bilan financier? Vous préférez qu'on se voie demain soir plutôt que demain matin?... Et pourquoi ne venez-vous pas souper à la maison ? ajoute-t-il sans réfléchir deux secondes. Mais non, mais non, mais non. Ce sera un plaisir de vous recevoir, monsieur Gauvin.

Albert raccroche.

– J'ai douze heures de plus, Brad. Je peux m'en sortir, mais sortez !

Bradoulboudour obéit. Son partenaire d'échecs n'est plus là. Sur le jeu, Guillaume lui a laissé une petite note.

Parti au ciné avec Anne-Marie.
Merci pour le vœu, Brad.
Vous êtes trop cool.
Top secret. Promis.
PEACE.

Gui

C'est Huguette Pomerleau qui prépa-
rera le souper pour accueillir le
grand manitou de la firme Gauvin-
Miller-Sanfaçon. Comme elle cuisine
rarement, cela lui fait plaisir.

– Je vais vous aider, Huguette !
annonce Bradoulboudour.

– Désolé, Brad, coupe aussitôt Albert.
Nous servirons un filet de porc au miel
et à l'ail. Tout est beau.

– Avec du taboulé, c'est un succès
assuré !

– Brad !

– J'ajouterais peut-être de la chourba
pour commencer. Quoi qu'avec le
hoummous, ça risque d'être lourd…

Albert, qui n'en peut plus, sort un billet de 50$ de sa poche et le tend à Bradoulboudour.

– Pourquoi 50$, Albert?

– Vous sortez! Vous allez au restaurant, au cinéma, n'importe où, mais vous partez! Je ne veux surtout pas de votre foutu hachis de persil dans notre repas, vous comprenez?

Brad prend les 50$, les met rapidement dans sa poche mais joue tout de même les grands offusqués.

– Vous saurez qu'on ne m'achète pas, Albert.

– Ouste!

– On ne se débarrasse pas de Bradoulboudour comme d'une vieille chaussette sale!

Cette fois, Albert saisit Bradoulboudour par les épaules et le pousse carrément dehors. Et vlan! Il ferme la porte au nez de Brad et la verrouille. Le génie frappe, sonne, gémit, insiste. Il n'abandonnera pas. Albert le sait, alors il lui ouvre...

– Que voulez-vous encore ?

– 50 $, c'est pas beaucoup, Albert...

– En voilà 50 de plus. Pour acheter la paix...

– Et pour le taxi ?

– Ça suffit ! Amusez-vous et rentrez tard !

Bradoulboudour quitte enfin la maison, Albert disparaît dans son bureau et Huguette ouvre son livre de recettes.

Vers 18 h, tel que prévu, le petit filet de porc se fait bronzer, Bradoulboudour a filé et le bilan financier est terminé. Tout est bien qui finit bien dans le meilleur des mondes, direz-vous ? Hé oui. Il y a aussi des moments où tout s'arrange dans la vie, même quand on héberge un génie.

Sur la terrasse, la conversation entre monsieur Gauvin et Albert est joyeuse et animée. Que demander de plus? Un projet de pêche pointe même à l'horizon. Albert commence à se détendre un peu. Il était temps.

Huguette apparaît tout à coup derrière la porte-fenêtre. Elle ne sort pas.

– Viens te joindre à nous, ma chérie, lui dit Albert sans la regarder.

Huguette toussote pour attirer l'attention d'Albert, qui ne saisit pas. Elle toussote encore et c'est monsieur Gauvin qui finit par s'inquiéter.

– Des problèmes, Huguette?

– Pas du tout, répond Huguette en fixant son mari.

– Mais viens t'asseoir, Huguette.

Huguette lui fait des gros yeux et lui demande de la suivre. Albert se lève aussitôt, s'excuse, prétexte qu'il va chercher des crudités et suit sa femme en souriant. Ceux qui connaissent bien Albert Pomerleau auraient décelé

immédiatement que ce sourire figé ne servait qu'à dissimuler un grand malaise. Monsieur Gauvin, lui, n'a rien vu.

– Albert, c'est affreux! lui dit aussitôt Huguette.

Trois cents millions de scénario se bousculent dans la tête d'Albert. Tous plus affreux les uns que les autres. C'est fou comme les trucs affreux sont faciles à imaginer dans de pareils moments...

– Le filet de porc est calciné, Albert. On n'a plus de souper.

Albert n'avait pas imaginé ce scénario-là, tiens.

– Il reste les légumes, ajoute Huguette en vérifiant. Euh... non. Pas de légumes.

Reste rien, finalement. Je ne comprends pas ce qui s'est passé, Albert. Je… j'ai mal évalué le temps de cuisson, mettons.

Il fallait un souper parfait pour monsieur Gauvin. Faire bonne impression. Cette invitation n'était pas tout à fait désintéressée, on le sait bien. La panique monte. L'angoisse suit. Le désarroi n'est pas très loin.

– Besoin d'aide? leur crie le grand patron, qui commence à trouver le temps long, tout seul sur la terrasse.

– Tout est beau, monsieur Gauvin!

– J'ai une solution, Albert!

– On fait livrer du chinois?

– Faut trouver Brad!

– Mais comment veux-tu le retrouver? On n'a aucune espèce d'idée d'où il est!

– Saint-Basile est grand comme ma main, Albert. Vas-y, je m'occupe de Gauvin.

Albert saisit les clés et saute dans la MG pendant qu'Huguette va rejoindre monsieur Gauvin.

– Albert est parti faire une course de dernière minute. On joue un petit billard, en attendant? propose-t-elle en le regrettant déjà.

Et voilà Huguette qui n'ose pas demander les règlements du billard mais qui fait celle qui a joué toute sa vie.

– Vous semblez nerveuse. Ça va? lui demande le grand patron.

– Très, très, très bien! C'est à vous de jouer ou à moi?

Pendant ce temps, la recherche de Bradoulboudour dans Saint-Basile s'avère un peu plus compliquée que prévu. Albert a visité le casse-croûte Chez Mireille, les arcades, la salle de quilles, la quincaillerie et le Paradis du pare-brise. Le tour de Saint-Basile est fait. Bradoulboudour n'y est pas.

Un petit appel à Huguette, peut-être?

– Ramène une pizza de chez Luidgi, on expliquera le problème à Gauvin, lui conseille Huguette au téléphone.

– Qu'est-ce qu'il fait, Gauvin, en ce moment?

– Quatrième partie de billard.

– Tu joues au billard?

– Arrête de rire.

– Tiens bon. J'arrive.

Albert monte dans la voiture. Reste à arpenter le centre commercial juste avant le boulevard. Après, il n'y a plus d'espoir. Après, c'est Saint-Pamphile.

Albert file vers le Carrefour des aubaines, se stationne en vitesse et voit sortir un petit homme bedonnant avec un fez, une large cravate, les bras chargés de sacs.

– BRAD ! hurle Albert. C'est trop beau ! BRAD... mon petit Brad... montez vite ! J'ai besoin de vous.

Bradoulboudour sourit. Les génies adorent qu'on ait besoin d'eux. C'est dans leur nature. Il sourit peut-être, mais il ne monte pas dans la voiture d'Albert pour autant.

– Qu'est-ce que vous faites, Brad ? Vous ne montez pas ?

Brad fixe le trottoir.

– J'ai besoin d'un repas copieux. On va l'impressionner, le grand Gauvin ! Ce sera le troisième vœu de la famille. Huguette est d'accord. C'est trop important. Allez... montez !

Bradoulboudour hausse les épaules et commence à marcher.

– Brad ?

– ...

– Brad ? Venez vite !

Brad s'arrête net.

– Excusez-vous d'abord, Albert.

– Pour ?

– «Le foutu hachis de persil.»

– Oh, ça! Mais voyons. Je ne pensais pas un mot de ce que j'ai dit. Je suis nerveux, Brad. Avec tous les événements qui se bousculent depuis deux jours…

– Dites-le.

– Pardon ?

– Dites : je m'excuse.

– Vous êtes un peu bébé, là, Brad.

– Je veux l'entendre.

– Je m'excuse. Vous êtes content ?

– Pour ?

– Je m'excuse d'avoir dit «le foutu hachis de persil».

– Et ?

– Et QUOI, NOM DE DIEU, Brad? Je n'ai pas toute la soirée!

– Votre taboulé est un délice.

– N'exagérez pas.

– Tant pis. Je risque de rentrer très tard...

– Votre taboulé est un délice!

– Plus fort.

– Votre taboulé est un déliiiiice!

– Maintenant, dites: Brad est un génie au cœur d'or.

– Ça suffit... montez!

Bradoulboudour monte dans la voiture.

– Je peux conduire?

– Vous n'avez pas votre permis, Brad.

– Vous savez que vous gâchez ma soirée, Albert? J'allais danser la mazurka, moi.

– La mazurka?... Personne ne danse la mazurka à Saint-Basile.

– Ah? Qu'est-ce qu'on peut faire alors, le soir, à Saint-Basile?

En arrivant chez lui, Albert glisse à l'oreille d'Huguette:

– Brad s'occupe de tout, ma chérie. On est sauvés!

Moment de tristesse et de désolation. Le troisième, le dernier, l'ultime vœu de la famille Pomerleau a servi à remplir l'estomac de Jean-Pierre Gauvin, hier soir. Le rêve est terminé. A-t-il apprécié le menu qu'on lui a servi ? Difficile à dire. Il avait tellement mangé de croustilles en attendant le repas qu'il n'a somme toute pas avalé grand-chose au souper. Albert aura-t-il droit aux faveurs du manitou ? Encore plus difficile à dire. Il n'a même pas jeté un œil sur le bilan financier.

Ce matin, les Pomerleau sont dans le salon. Silencieux. Penauds. Conscients qu'ils sont passés à côté d'une chance incroyable. C'est Jules qui, le premier, ose rompre le silence…

– Si les trois vœux sont exaucés, est-ce que Brad va partir ?

– Brad part ce soir, lui répond son père, sans savoir que Bradoulboudour est dans l'embrasure de la porte derrière lui.

– Je pars ce soir, moi?

– Les trois vœux ont été exaucés, Brad. C'était l'entente, non?

Brad fronce les sourcils.

– La remise, la voiture et le souper d'hier, précise Huguette, la mort dans l'âme.

– Tu veux dire: la remise, la voiture et Anne-Marie! rectifie Guillaume.

– Qu'est-ce qu'Anne-Marie vient faire dans nos trois vœux? demande Huguette.

– La remise, la voiture et mon *megabox*, plutôt.

– Tu l'as eu, ton jeu?

– Je l'ai trouvé sur mon lit, hier soir.

– Et moi, je n'ai rien eu, bougonne Huguette.

132

– Tu as eu la voiture, ma chérie.

– Tu penses vraiment que j'ai eu la voiture de mes rêves ?

– Tu penses peut-être que j'ai eu la remise de mes rêves ?

Brad s'assoit. Pose ses deux pieds sur la petite table à café et sourit.

– Vous n'allez pas vous chicaner pour trois misérables vœux ? La vie est trop belle. Et puis, j'ai une nouvelle qui va vous mettre de bonne humeur, mes amis.

Ils se taisent. Ce qui ne les empêche pas de bouder.

– Je ne pars pas !

– Yeah ! hurle Jules.

L'estomac d'Albert Pomerleau se noue. Il repense au contrat de départ, entend clairement ce qu'avait dit Brad : « J'habite avec vous et en échange j'exauce vos trois vœux. » Il avait bien dit trois vœux. Maintenant qu'ils ont été exaucés,

monsieur décide de rester ? S'impose ?
S'incruste ? C'est de la mauvaise foi, de
l'escroquerie, de l'imposture. Il est hors
de question que cet homme habite avec
eux jusqu'à la fin des temps.

Et c'est reparti.

Albert se lève et fait valoir son point
avec fougue. Bradoulboudour sourit
toujours. Ce petit sourire commence
d'ailleurs à taper sérieusement sur les
nerfs d'Albert.

– Assoyez-vous, demande Bradoulboudour à la famille Pomerleau.

Jules, Guillaume et Huguette obéis-
sent. Albert reste debout. Quelque chose
lui dit que cette discussion n'est pas
près de se terminer.

– Assoyez-vous, Albert.

– C'est beau, Brad.

– Non, j'insiste.

– Brad !

– J'ai bien quelques défauts, c'est vrai, mais c'est ce qui fait mon charme et je dois avouer en toute humilité que j'ai surtout des qualités. L'une d'entre elles, et probablement la plus importante, c'est l'honnêteté. Mon avant-dernier maître, Abdelkarim, qui était d'ailleurs le pire des menteurs, m'avait dit un jour...

– Un peu long, Brad !

– Il y a un petit détail que vous ignorez tous, ce matin.

Silence.

Bradoulboudour savoure ce moment. Albert, pas du tout.

– Vous le dites, votre petit détail, Brad ?

– Il vous reste un dernier vœu.

– Un dernier vœu ? !

– Oui, ma chère Huguette.

– Mais... ?

Bradoulboudour poursuit:

– Anne-Marie est revenue sans mon intervention, mon cher Guillaume. Je n'ai rien fait, le destin s'en est chargé. Elle t'aime. C'est pas merveilleux? Le jeu de Jules, je l'ai acheté hier soir avec les 100$. Il méritait bien ça. Après tout, c'est grâce à lui si j'ai trouvé une famille, non? Quant au souper, je l'ai préparé sans l'aide de mes pouvoirs, par amitié. Je vous ai donc économisé un vœu.

Cette fois, plus personne ne boude.

– Il nous reste vraiment un vœu? répète Huguette, sous le choc. C'est trop beau pour être vrai!

– Prenez tout votre temps pour choisir votre dernier vœu, ajoute Bradoulboudour en prenant la télécommande et ses aises par la même occasion. Rien ne presse.

Il allume le téléviseur.

– Un instant, monsieur Brad! lui dit Huguette en le fermant.

– Oui?

– Qu'est-ce qui nous prouve que vous ne bousillerez pas notre troisième vœu encore une fois? Que vous n'en profiterez pas pour exaucer le vôtre comme vous l'avez fait avec le palace ou la voiture?

– Faites-moi confiance, Huguette. J'ai vieilli. J'ai mûri. J'ai compris.

– En quatre jours, il n'a pas perdu de temps…, grogne Albert.

– Et qu'est-ce que vous avez compris, exactement, Brad? demande Huguette, qui ne lâche pas prise.

– Que je ne serai jamais plus heureux qu'ici, avec vous quatre.

Il a gagné.

– C'est gentil, tout de même… As-tu entendu, Albert?

Et voilà.

Bradoulboudour, le génie de la famille Pomerleau, restera parmi eux le temps qu'il faudra. Quel sera leur troisième vœu? Une villa au bord de la mer? Un voyage autour du monde? Un repaire secret sur une île déserte? Difficile de savoir où se cache le bonheur.

Le génie Bradoulboudour, lui, l'a déjà trouvé.

MOT SUR L'AUTEURE ET L'ILLUSTRATEUR

J'ai beau être le génie Bradoulboudour, avec l'auteure **Johanne Mercier** et l'illustrateur **Christian Daigle**, je perds tous mes pouvoirs. Vous allez me dire que je ne suis pas si mal tombé, que Johanne Mercier a déjà écrit une bonne douzaine de romans pour les jeunes, que Christian Daigle œuvre dans le domaine de la BD depuis une quinzaine d'années et qu'il est directeur artistique d'une maison d'animation. Je sais tout ça. Mais vous avez vu ce qu'ils ont fait?

L'horrible cravate que je dois porter, la couleur de mon habit et que dire de mon égocentrisme EXAGÉRÉ! Le pire, c'est qu'ils rigolent, quand ils travaillent, ces deux-là.

Un peu plus de sérieux pour mes prochaines aventures, madame Mercier et monsieur Daigle! Je suis tout de même Bradoulboudour!

Série Brad

Auteure: Johanne Mercier
Illustrateur: Christian Daigle

1. Le génie de la potiche
2. Le génie fait des vagues
3. Le génie perd la boule
4. Le génie fait la bamboula

www.legeniebrad.ca

Le Trio rigolo

AUTEURS ET PERSONNAGES :

JOHANNE MERCIER – LAURENCE
REYNALD CANTIN – YO
HÉLÈNE VACHON – DAPHNÉ

ILLUSTRATRICE : MAY ROUSSEAU

1. Mon premier baiser
2. Mon premier voyage
3. Ma première folie
4. Mon pire prof
5. Mon pire party
6. Mà pire gaffe
7. Mon plus grand exploit
8. Mon plus grand mensonge
9. Ma plus grande peur
10. Ma nuit d'enfer
11. Mon look d'enfer
12. Mon Noël d'enfer
13. Le rêve de ma vie
14. La honte de ma vie
15. La fin de ma vie
16. Mon coup de génie (printemps 2010)
17. Mon coup de foudre (printemps 2010)
18. Mon coup de soleil (printemps 2010)

www.triorigolo.ca

Marquis imprimeur inc.

Québec, Canada
2008